Amazon Kindle Direct Publishing

Copertina ideata da Franco Pitzus
Disegni dell'autrice
Foto copertina per gentile concessione di Coccore
Foto del libro concessione Rai

Collana "I libri di Acquabianca"

Doni Rubati Al Futuro

La storia di Senzaterra Ognibene

Noti Vincelli

Amazon Kindle Direct Publishing

A tutti i miei amici

Chiamo dallo Spazio
e dal Tempo
tutte le Matriarche
donne nobili
e antiche amiche
e do il benvenuto
al nuovo nato.

Taglio dei capelli

Sibilla si è tagliata i capelli, lunghi, bianchi, neri viola, mossi.
Belli.
Li ha raccolti in una bacinella.
"Ne farai un cuscino" ...Si guarda allo specchio "Bello dai, sei meno rassegnata, meno mammosa, più risollevata. I capelli corti danno slancio. Ci sta!".
Ha acceso la stufa a legna, perché? Questo febbraio così...15 gradi! Però aveva voglia di fare andare la legna perché la legna fa compagnia.
Ci ha messo un sacco ad imparare ad accendere la stufa a legna e ad accudire il fuoco. Glie lo ha insegnato proprio Senzaterra.
Ha preso un analgesico per il mal di denti. Sta bene. Non va in paese a farsi vedere come sta, perché oggi è giovedì e i negozi sono chiusi in questo paese.
Senzaterra ti lascia sempre circondata dalla sua protezione, disseminata dove ha fatto i lavori, nella legnaia, sul pendio del prato dove ci sono le pigne,

prima del cancello che apre sul pascolo, ci sono le impronte sul prato dove anni fa ha acceso il falò per fare pulizia, o sulle scale dove c'è il corrimano.

"Senzaterra ti lascia sempre circondata dalla sua protezione".

Sibilla vive sola e quindi parla a sé stessa e in genere si dà del tu.

Di solito lo vede quattro o cinque volte l'anno, qualche volta si mangia insieme il sabato, ma è come se ci fosse un filo di connessione un discorso che ha la sua continuità, fatto di piante, mobili traslocati tra una casa e l'altra, convivenze nella casa di suo padre quando Sibilla e suo padre stavano insieme, corrispondenza con le sue sorelle.

Quei bamboo che li aveva messi a terra suo padre nella casa di lei e lui mettendoli in ordine ne aveva preso dei ceppi per trapiantarli nella casa che ora era la sua.

Anche i mughetti, da non fare soffocare dalle pervinche così potenti.

Se lo pensi in Brasile pensi a come se la stia spassando e guardi i video che ti manda come in una favola.

Come in una favola!

Quando è in Italia, spesso è nelle Marche o a Torino, dove ci sono le case degli amici che lo aspettano perché c'è sempre qualcosa da fare, o è da Giorgio, dove si mette a posto la casa, il giardino e alla sera se la raccontano giocando con la Playstation.

Poi c'è Coccore, vicino a Fabriano, "dove lo vedi per una settimana di seguito, insieme agli altri fratelli che ti sono cari, nell' accampamento, sui campi di battaglia, mentre dà ordini e protegge tutto quello che può proteggere mentre combatte, mentre crea mantelli che ti devono durare per molto tempo, per molto, molto tempo.

Poi ha i suoi giri, oltre le cartoline video che ti manda dal Brasile dove tu immagini come se la stia godendo, il mare, le palme e i cocchi. Si si l'abbiamo già detto, uhh!

Mio Dio ti stai ripetendo!"

Si certo, ultimamente anche Genova, sì la vacanza sotto casa come sarebbe diventato di moda di lì a poco.

Lo si aspetta al compleanno di Alice ma lui si fa aspettare, poi si dimentica di venire perché un amico è arrivato all'improvviso e si sono messi a giocare ad Axis and Allies.

"Lo vedrai un'altra volta" e riflette...

Lui ha un suo modo di non esserci quando è presente ma non la vuole incontrare ("Che poi Sibilla ci dice sempre cosa stiamo facendo e cosa dobbiamo fare..."). C'era tramestio: lei lo aveva già visto e sentito, lui sapeva che lei sapeva, e non era il caso di fare chiasso e scrutarsi per delle risposte che si dovevano ancora formulare.

D' altra parte alle Sibille è dato di essere chiaroveggenti, e quindi devono trasparire meno.

Quando Sibilla stava con suo padre, dopo che sua madre era morta, la chiarezza si era fatta insopportabile, così lei e suo padre avevano deciso di considerarsi a distanza, lui nella casa sopra la rocca, e lei a trenta chilometri nella casa giù sul fiume e tra gli alberi, in modo che le reciproche convinzioni arrivassero un po' alla volta come consulenza richieste e non come spade duellanti con cui combattere ogni volta che ci si incrociava per casa.

Si pensavano, né avrebbero potuto fare diversamente, ma si davano il tempo di scegliere cosa assimilare, e quali i disaccordi che si dovevano digerire con diversi metabolismi.

Si incontravano alle feste che i figli davano in giardino e avevano un loro modo di essere alleati perché si conoscevano.

A sera ognuno tornava nella propria casa a mettere ordine.

Senzaterra aveva mantenuto il contatto tra le due case.

Quella di suo padre, dove l'ordine veniva ripristinato identico a sé stesso anche dopo aver imbiancato, dove un armadio che lei trovava insopportabile veniva aggiornato con impeccabile tinteggiatura pastello e decoupage floreale, una vera opera d'arte: il tutto senza essere svuotato dai panni e senza che una goccia di colore penetrasse all'interno.

Suo padre era "cambiamento sotto controllo."

Lei aveva sempre una parete da abbattere per ampliare lo spazio, aveva sempre qualcosa da spostare per modificare la forma. E comunque la casa circondata da bosco con fiume che scorre aveva un suo carattere, bisognava farci l'abitudine.

Una volta Senzaterra le aveva raccontato di sua madre, di come era brava a raffreddare il minestrone quando era troppo bollente e si aveva fretta di andare a tavola: "Si mette la pentola a bagno in una pentola più grande piena di acqua fredda".

Era nato l'affetto fatto di memorie da rimettere in ordine, come l'erba del prato, come la legna, come gli amici comuni con cui si aveva che dire, ragazzi di un tempo che diventavano uomini e donne, alcuni si erano messi a fare figli, ogni tanto qualcuno si metteva nei guai e partiva la rete di mutuo soccorso era sempre stata una famiglia allargata con tante cose, tante cose, tante tante tante cose.
Era un mondo, un'appartenenza.

Soliti ignoti

Ne "I soliti ignoti" trasmissione piena di sorprese e poesie inaspettate in onda su Rai 1 in anteprima di serata, il palinsesto è questo: il concorrente si trova davanti otto ignoti, persone sconosciute, da associare a otto lavori.

Ogni volta che si indovina, ossia si associa l'ignoto al lavoro che fa realmente, c'è un guadagno in soldi.

Se non si indovina non si guadagna.

Ci sono due ignoti che comportano l'imprevisto: vale a dire che se non si indovina si perde tutto quello che si è guadagnato prima.

Alla fine di tutti gli indovinelli entra il PARENTE MISTERIOSO e bisogna indovinare di quale ignoto sia il parente. Se si indovina si porta a casa tutto il guadagno altrimenti si perde tutto quello che si era guadagnato nella partita.

Per uno strano fatto spesso si verifica che chi ha fatto una bella partita ed ha indovinato i lavori della maggior parte degli ignoti, arriva alla fine con molti soldi e li perde tutti perché non associa il parente misterioso all'ignoto relativo.

Accade viceversa che spesso chi non indovina e

arriva alla fine con un guadagno minimo o addirittura nullo riesce ad associare il parente misterioso all'ignoto giusto.

Quindi ha vinto.

Non importa quello che ha perso per strada, ha vinto la partita!

L'umore andava e veniva

L'umore andava e veniva e Sibilla se la prendeva con chi poteva.

Siamo in mezzo a cattive trasmissioni.

Scandali a ripetizioni, storie di violenze su donne che vengono intervistate con voci contraffatte, raccontano di essere sottomesse e chiamate idiote, e parlano con la vocetta falsificata per non essere riconosciute che sembrano idiote davvero.

Se non si sta attenti si rischia di sentirsi dalla parte di chi le ha sottomesse per non dire altro...

Immagini tragiche di catastrofi morali.

Di un festival di Sanremo capolavoro di eleganza e di amicizia, con un Fiorello e un Amadeus che sembrano usciti da un album di fotografie del liceo, resta l'eco per giorni di una canzone più venduta perché celebra l'inimicizia e la maleducazione.

Si certo, a volte ti può succedere anche in famiglia nella coppia che ti sei fatto un film e all'improvviso ti trovi come nei soliti ignoti, ti chiedi chi sei, di chi sei il marito, chi è tua moglie e ti ritrovi a fare la parte del parente misterioso.

Le immagini eroiche sono quelle dei cinesi che combattono il corona virus facendo ginnastica e ballando nella stanza in cui sono in isolamento.

Fantascienza.

Intanto si aspetta per vedere dove il corona virus sta attecchendo "Perché loro sì e noi no?"
No, noi niente.
Niente!
Due.
Solo due. Turisti cinesi che passavano per caso sotto l'ospedale Spallanzani.
Dai che ce la facciamo!
Forse non abbiamo bisogno di cambiare pianeta: certo sette miliardi e tutti i disagi planetari di quest'anno, tutti alla ricerca di prodotti senza olio di palma.
Certo se arrivano le pestilenze come nelle migliori tradizioni, saremo decimati dalla peste.

Sullo sfondo dell'affresco Rino Gaetano:

c'è chi vuole pagarti,
per via telepatica,
c'è chi ti cura
e ti paga l'affitto,
c'è chi è in buona salute
oltre i cent'anni,
c'è l'Inps che risparmia
se muoiono tutti i vecchietti,
c'è chi vuole essere curato
perché il mondo resti tale e quale,

come nel Gattopardo
Ma il Cielo è sempre più blu...
tarati tarara
tarati tarara
Il Cielo è sempre più blu...

Al pomeriggio danno "Il paradiso delle signore". Su Rai 1.

C'è un giovane che per un incidente è rimasto paralizzato e per poter camminare deve sottoporsi ad un intervento che non avverrà mai perché la madre convince il chirurgo a fare finta che l'intervento sia avvenuto senza successo.

Il figlio non è figlio di suo marito e se nel corso dell'intervento avesse avuto bisogno di un donatore di sangue, si sarebbe scoperto che il padre non era suo padre.

E quando il fatto della paternità falsificata dalla madre viene a galla, un paterracchio senza fine in cui ognuno difende lo stato sovrano di sé stesso e c'è uno sulla sedia a rotelle che magari poteva essere messo in grado di camminare e resta paralizzato. Aspetta che abbiano finito di litigare per questioni di principio.

Sono tutti a caccia di rispetto.

Il rispetto del potere che rispetta sé stesso.

E il rispetto di chi doveva rimettersi a camminare?

Forse si sono fatte molte cose importanti e bisogna smaltire un po' di entropia.

Certo: è un anno di frane.

Sono caduti fette intere di montagne e quando la terra cede perché manca la roccia di sostegno ti chiedi come farai a portare avanti tutto quello che avevi pensato di fare.

Devi fare percorsi più lunghi meno comodi, imparare ad aspettare per passare in un senso alla volta dove la strada è più stretta ed accidentata; si impara, si passa dalla veemenza dei gesti spazientiti ad una vigile cortese attenzione, guidati da invisibili semafori sulle strade tortuose e accidentate di mezza montagna.

Ci vuole il suo tempo

Ci vuole il suo tempo, poi magari vengono fuori le opere d'arte.

È un fatto di musica: né troppo addolorati né troppo risentiti, è un fatto di musica.

Certo, Senzaterra ti avrebbe fatto accendere la radio su Caparezza "Sono fuori dal tunnennennel del divertimentooo..."

Sibilla non conosceva granché di Caparezza ma doveva ammettere che quando Senzaterra le faceva arrivare Caparezza aveva un suo perché.

Cose da guerrieri.

Certo in certi blocchi di granito che hanno retto lo smottamento delle frane ci avresti potuto scolpire Luisa Ranieri che viene fuori avvolta nelle vesti ampie di roccia da cui emergono tutti i figli che la seguono quando se ne va in America, "La terra promessa", per sfuggire alla mafia siciliana dei primi del Novecento. Il figlio più grande, il più forte, la roccia a cui appoggiarsi, ucciso dalla stessa mafia in una terra dove si era andati per sfuggire alla mafia del proprio paese.

Roccia

Disegno dell'autrice

Perché questo sceneggiato è così importante?

Perché è al di là dell'impotenza.

C'è la passione, Amapola, c'è il deus ex machina che ti aiuta a trovare la via, c'è la mafia a cui è inutile scappare, perché c'è.

C'è la doppiezza, l'intelligenza, l'amore, la possibilità o l'impossibilità di amare.

Ma c'è una etica al di là della retorica, del buonismo dei giochi di ruoli.

Anche nella mafia c'è una etica che deve essere rispettata, ossia c'è una giustizia davanti a cui ci si inchina che è al di là dei giochi di parte, e anche dei buoni sentimenti.

Cioè si è giudicati, si paga e si è pagati, non perché vincono i "buoni" ma perché c'è una etica che va oltre il vittimismo.

L'etica è coraggio e intelligenza, contratti di convenienza.

La storia della famiglia di Carmela è la storia di una famiglia che evolve economicamente, passando attraverso tantissime cose, trovando le alleanze, le tentazioni e pagando prezzi alti.

Quando un mafioso viene sconfitto non è solo la storia dei buoni che vincono contro i cattivi. C'è un contratto di convenienza che avviene all'interno di regole che vengono rispettate da entrambe le parti e la famiglia di Carmela è diventata contrattuale. Non è buona, è contrattuale.

Il cane femmina

Il cane femmina che interpreta il potere irato della casa di Sibilla sta fuori tutta la notte ad abbaiare. Le dà 20 gocce di tranquillante chimico e 20 di sedativo alle erbe. Così calma il risentimento in sé stessa e pensa con sfumature meno nobili "Mò ti aggiusto io!".

Lei spazza via il cibo accattivante, scaraventa la ciotola in mezzo al prato e resta ad abbaiare tutta la notte.

Le dicono in negozio che si sono avvistati i lupi nelle vicinanze delle case in questo febbraio 2020 a 16 gradi.

Ci sono i lupi!

Che succede se si rompe l'equilibrio e i lupi si avvicinano alle case? Non si sa. Ci sono molte domande a cui non sa dare risposte.

E se per caso domenica sera ti sposti su Rai 3 in seconda serata alla ricerca di risposte possibili ti arriva la catastrofe: tutto il petrolio che serve agli aerei non è niente rispetto a quello che serve per l'allevamento del bestiame da macellazione.

Carne!
Tragedia!

E se mangi vegetali?
Siamo in troppi ci vogliono polifosfati.
E poi manca la manodopera.
Almeno si potessero adoperare i migrantes...
Non si puo dire
"Mica sono Roberto Saviano!"
E che dire del pesce crudo sapiente dei ristoranti giapponesi?
 Ormai sono allevati tutti con... non si ricorda il termine scientifico, solo il senso profondo di catastrofe e inaffidabilità di tutto ciò che si mangia.
Pensa a Senzaterra come fa sempre quando ha bisogno di sentirsi rassicurata e lui canta "Voglio trovare il senso a questa vita, anche se questa vita un senso non ce l'ha.
Voglio trovare un senso a questa storia, anche se questa storia un senso non ce l'ha..."
E a consolazione della tarda serata:
macellazione all'aperto di qualunque specie di animali in Cina, banco più spettacolare del circo equestre "Venghino venghino signore e signori ..."

"Sono fuori dal tunnennennenel del divertimentooo"

Il tavolo della macellazione di pipistrelli: neri, ovviamente, occhi di fuori, denti sguainati, appesi e insanguinati sopra a un tavolo di legno medievale (Almeno marmo Giusto Cielo!) mentre qualcuno con la mannaia avverte che saranno fatti a pezzettini prima di essere serviti.

E nell'orrore c'era come un senso di sollievo: era proprio una tragedia!

Alè!

Senza farsi mancare niente!

Paradossalmente il senso lo ritrovava rimettendosi in viaggio in mezzo alle strade franate eroico mantello che da novembre accompagnava lo sgomento dei viandanti dall'entroterra ligure verso Ovada, rovinii di terra che in più punti scendevano dall'alto delle montagne fino alla strada, fino a che un massiccio di roccia puntualmente faceva venire fuori Luisa Ranieri, rincontrava Carmela della "Terra promessa", che tesa dentro la roccia, si slancia a tenere compagnia ai suoi pensieri, oltre l'insidia della depressione e delle maledizioni, ricca dei suoi molti figli e del suo coraggio, straordinaria bellezza.

"I figli sono i tuoi orizzonti. E che ti succede se un pezzo così ampio di orizzonte all'improvviso ti si cancella? La montagna che cambia il profilo, il confine che si cancella che non si vede più.

Un casino!

Il mare si confonde col Cielo!

Attenzione! Non si può mettere troppo disordine nello spazio!

Vai più piano!

Chi deve andare più piano?

Con chi parli?

Col mondo-

Rallenta: Rallentiamo tutti anche se la strada è più lunga del previsto"

Si certo, certo, qualcuno avrebbe detto che non si può cantare...

Voglio una vita spericolata

"Voglio una vita spericolata
voglio una vita come Steeve Mc Queen,
voglio una vita che non è mai tardi
di quelle che non dormi mai!
Voglio una vita,
 la voglio piena di guai!"

e fare come se niente fosse.

Qualcosa doveva succedere prima o poi!
Forse. Si pensano sempre tante cose quando franano le montagne e quando gli orizzonti scompaiono e la terra e il mare si confondono col cielo.

E poi le veniva in mente quel rompiscatole di Highlanders che sopravviveva a tutti quelli che amava e pensa: "om namaha tzuka!

Che senso ha restare agili e giovani e allenati ad alleggerire il dolore, curare le ferite e tutto il lavoro che abbiamo fatto insieme dopo la morte di tuo padre?"

E poi a questi primi figli maschi si chiede sempre

troppo!

Adesso che arriva, aspetto che arrivi, devo prima parlarne con lui, se lui mi dice che si può fare, ci pensa lui, ci pensa lui, ci pensa lui...

E li carichi di Ognibene, dipende da lui qualunque cosa si debba fare, come se non si potesse concepire di fare senza.

E loro abboccano, pronti a caricarsi di qualunque cosa debbano fare per te e mai per chiedere, per ascoltare, che magari hanno bisogno di qualcosa, se ti riconoscessero un po' di competenza al di là delle richieste da soddisfare, se ti facessero dire la tua e ti stessero a sentire, magari, si poteva fare qualcosa di diverso.

O no?

Seta, velluto, piume di pavone, piume di uccelli del paradiso.

Fianchi chiari e pieni di certezze.

Costume di lusso per un carnevale brasiliano rimandato.

Cronaca di una morte annunciata: mentre il cacao restava come sempre meravigliao, ma questa era un'altra storia.

Forse.

Si ritornava dentro ai soliti ignoti e il cacao meravigliao diventava il parente misterioso.

Il karma, o destino, è come un grande mare in cui imparare a nuotare per trovare la via, tra le onde, per non essere sommersi e arrivare alla meta superando gli ostacoli e gli impedimenti, perché la sinfonia non restasse incompiuta.

Tutte le persone che incontrava

Tutte le persone che incontrava in sé stessa si dividevano in due categorie: "Ma glie l'ho detto di Senzaterra, Si lo sa! No, meglio di no." Aveva incontrato due donne dalle sue parti di quelle a cui si poteva dire che infatti non avevano detto nulla l'avevano abbracciata stretta, pulite, senza fare commenti.

Al bisogno di dire e di compartecipare si sostituiva la prudenza, perché il dolore fosse onesto e non fosse quello scadente di qualcun altro.

Guardava la fotografia, la sua fierezza...non voleva il cordoglio.

Lui era la ricchezza, non voleva sentirsi povera ed essere compatita per la mancanza.

Sibilla viveva da sola in una casa grande con giardino, grande pascolo e bosco.

FIUME.

Iniziò l'isolamento da corona virus.

Per lei l'isolamento era un fatto scontato, una abitudine di vita anche se era circondata da una libertà di natura. La vita iniziò ad essere meno isolata, perché c'era il tempo per pensarsi e chiedersi,

"Come stai? Tutto bene?

A Milano stai bene? State bene? I bambini?"

"Li vediamo via Skype. Come facciamo con te!?"

"Sì, ma voi avete Andrea Bocelli che canta l'Ave Maria sul sagrato del Duomo.

E Gianna Nannini che fa venire i brividi mentre canta e suona al pianoforte su una terrazza che guarda la Madonnina!"

"Anche tu! Stiamo guardando insieme le stesse cose, tutti soli e tutti insieme"

Una piazza, il Duomo di Milano, senza nemmeno i piccioni. Anche i piccioni non c'erano!

E Corrado Augias confermava stupito la strana condizione di essere soli in mezzo a tanta gente, tante informazioni, coscienza nuova dello spazio, spazi da tenere in ordine migliore.

Sembra che il senso della vita sia lasciare sulla terra un ordine migliore di quello che hai trovato, (lo ha detto Tiberio Timperi).

Molto Spazio, molto silenzio, molto ordine migliore, più attenzione ai dettagli e più rispetto per le distanze da mantenere.

Gli studenti che da sempre studiano on line perché di giorno lavorano ed hanno famiglia sono più avvantaggiati, si trovano in pari con tutti gli altri, con informazioni curate e dettagliate, proprio perché tutti devono studiare e dare esami on line.

C'è chi pensa di sospendere la vita fino alla fine della pandemia, chi fa il furbo e sfida il panico come fonte di guadagno e viene beccato con le mani nel sacco, chi è facilitato perché ha tempo e può muoversi per cercare spazi solo per via telematica.

02 02 2020

Una data che si legge da una parte e dall'altra come un andare e venire. Cose che vanno e cose che arrivano. Cose che si perdono e rimedi, modi per riparare i danni, verità riconosciute che in fretta si trovano e si comunicano tra amici. Stai attenta, si fa così.

Questo è il danno che si stava individuando, appoggiati qui e troviamo il rimedio.

Doni. Doni rubati al futuro. Doni rubati al futuro. Una rete di doni.

Sibilla non beveva mai.

Usava la grappa e la vodka per gli spiriti.

Ma anche per accendere la stufa a legna.

Invece quel giorno aveva una strana determinazione, come chi va avanti e indietro e fa le cose che deve fare, anche se non rientrano nelle sue abitudini. Aveva da fare come chi è entrata in un discorso a parte, importante, e dopo avrebbe fatto i conti.

Sentì che poteva mescolare il succo d'arancia spremuta e un po' di vodka e un po' di crodino che aveva per casa. Poi si sdraiava come una che sta osservando qualcosa che attrae la sua attenzione e non ha tempo per nessun'altra cosa.

Poi si svegliava e andava in automatico a spremere una arancia con un po' di vodka. Quel poco che serviva a riprendere il filo del discorso. E si riaddormentava.

Lo fece ancora una volta, alla fine si svegliò e andò a vomitare.

Non poteva dire di stare né bene né male.

Bene era una parola grossa.

Perplessa, non capendo bene cosa le stesse succedendo, come sospesa, come se stesse aspettando che arrivasse la telefonata dalla toscana: la sorella di Senzaterra che avvisava "Se ne è andato. Un malore, non ce l'ha fatta. È andato."

E Sibilla che non stava parlando da sola restò sospesa come chi decide che posa deve prendere per l'atterraggio essendo completamente sollevata da terra e precipitata nel vuoto che si spalanca dentro agli occhi ogni volta che ti arriva una informazione non prevista per cui non c'è spazio.

"Informazione non prevista, ripetere prego".

Per tre volte si sentì ripetere: "è andato, è andato, è andato".

Andò in bagno e si sentì come Massimo Troisi in quel film in cui si ripete la notizia del tradimento nei suoi confronti guardandosi allo specchio e prova le pose cercando una reazione dignitosa, un atteggiamento da prendere. Si guardava allo specchio e si diceva il fatto "Se ne è andato. Funerali li fanno lì. Non c'è niente da fare. Niente!"

Poi faceva un passo indietro come uno che riceve un cazzotto nello stomaco.

"No aspetta, ripeti con calma" (e dentro intanto volavano in disordine la legna il trasloco il libro che gli doveva consegnare la sua promessa di fare...devi aspettare che torno... l'ultimo WhatsApp di quattro giorni fa). Si riavvicinava con calma allo specchio di Massimo Troisi e dallo specchio Massimo Troisi le diceva "No guarda, non torna più, non ce l'ha fatta... il funerale già fatto, tutto finito tutto già fatto" altro cazzotto nello stomaco, più riflessivo "Ma cosa c'entra la parola funerale con la sua immagine che ti dice,

-no, guarda è semplice, sta succedendo questo e questo- e adesso avrebbe detto ancora qualcosa, avrebbe potuto dare qualche spiegazione, o si doveva stare in silenzio?

E Massimo Troisi diceva "No guarda se ne è andato, finito il funerale, non c'è non c'è più nessuna spiegazione da dare. Se se ne è andato se ne è andato, non è che che adesso ti metti a leggere la posta su WhatsApp e torni indietro che il fatto non è mai successo. "Ma cosa è successo? Come è successo? Come è potuto succedere".

Arrivava come un retrotesto "Qualche birra di troppo".

Ma dai! Certo che in Brasile con la birra si esagera.

Si era cominciato con qualche festa in stile "guarda come siamo bravi noi a fare festa, e come cantiamo e come balliamo e quanto è buona la birra": le feste erano sempre più brasiliane e gli altri amici avevano smesso di arrivare, lui li incontrava a parte quando li andava a trovare per mettere in ordine le loro case e i giardini e si fermava per tre o quattro giorni e si stava insieme. Insieme come per lui era importante. Oppure lo andavano a trovare quando lei era a lavorare e stava via per tutta la settimana.

Avevano iniziato a stare meno insieme e ad avere meno cose in comune da fare.

Sibilla aveva provato una improbabile mediazione sentendosi un po' come la testimone del padre e della madre di Senzaterra presenziando con buona volontà ad una ennesima festa brasiliana disertata dagli amici italiani in cui si era trovata gentilmente sola e cortesemente estranea.

Era rimasta finché in giardino aveva fatto l'ingresso una trionfale torta di compleanno alla birra.

La sua buona volontà aveva ceduto ad un pudico sconforto.

Aveva salutato Naomi Campbell con un cenno (niente di personale).

Si era ritirata nella scia di un amico che era passato un attimo, aveva parcheggiato in fondo al giardino, l'aveva guardata senza scendere, si era girato e se n'era andato.

Era seguito un anno di prova per vedere di stabilirsi in Brasile venendo in Italia due o tre mesi. Soltanto.

Facendo intendere che in Brasile sai che prospettive c'erano.

A questo anno di prova era seguito un anno in cui lei era tornata in Brasile da sola.

Lui era rimasto in Italia, meno Senzaterra e più

Ognibene. Natale con la nonna le sorelle e un Santo Stefano in cui anche Sibilla si era aggiunta osservando quell'aria di...come dire tante cose da mettere a posto, ma intanto il gioco da tavolo che lui spiegava a tutti come fare si chiamava Sagrada Famiglia.

Il paradiso delle signore fine febbraio

Il Paradiso delle signore, fine febbraio.

Il Paradiso delle Signore va in onda ogni giorno di pomeriggio, ambientato negli anni Sessanta, anni di cambiamento.

Ma per tre quarti d'ora non esiste il corona virus.

Si è un po' arrabbiati perché secondo regola bisogna comportarsi in un certo modo ma di fatto i sentimenti si modificano e la vita prende la piega che deve prendere.

La signora Amato (Antonella Attili) siciliana, madre di tre figli, diventa la sarta stimata, apprezzata e pagata, sia come madre di famiglia sia per il suo lavoro, sta diventando una donna libera in una Milano che non è Partanna.

Ha uno stipendio, esce la sera con amici fidati, i figli la venerano.

Un figlio da cameriere diventa imprenditore, il nipote analfabeta impara a leggere e a scrivere, e anche a Milano non è disonore se i maschi aiutano a sparecchiare.

Il marito emigrato in Germania, non si fa vivo da due anni: si scopre che ha un'altra donna e si è rifatto una famiglia nel luogo in cui vive. La pragmatica dice che devi risentirti, la realtà è che i ricordi sono un film del passato, di cui restano tre figli adulti grandi.

Lui può vivere con una donna evoluta a patto di stare con lei in Germania, come a dire" lei è tedesca, questa è la terra in cui si lavora.

"Non avrebbe mai potuto spiegare ai suoi paesani e ai suoi antenati le stesse cose fatte da sua moglie. La moglie dal canto suo mantiene il legame con la terra d'origine attraverso le melanzane alla parmigiana, la cura dei figli, il confronto con le nuove conoscenze con cui c'è scambio, si insegna e si impara.

Se fossero insieme gli scambi e i confronti sarebbero limitati. Si può elaborare la continuità col passato a patto di stare separati.

Si far finta di essere risentiti, bisogna trovare una forma nuova di esistenza, dove i ricordi vengano messi in ordine, ma dove la vita crea abitudini diverse, piacevoli, fatte di nuovi adattamenti.

È una realtà: quando ci sono grandi elaborazioni ci si deve separare, a stare insieme si rischia di litigare senza elaborare niente.

A volte ci si separa per entrare in nuove culture per nuovi progetti; a volte, se i progetti ci allontanano troppo da noi stessi, ci si separa perché è necessario di ritrovare gli argini e la misura della propria appartenenza.

A volte nella vita parti dal velluto blu di due occhi, dai fianchi che si muovono al ritmo di samba, ma anche dalla capacità di coordinarsi perché sia che si tratti del carnevale brasiliano sia che si tratti di campi di battaglia nostrani, importante è riuscire a fare una festa senza che capitino incidenti: si certo non era una vita di tutto riposo, c'era sempre da combattere anche quando il costume non improvvisato scintillava di lustrini.

Aveva senso, l'avventura insieme aveva senso, si potevano fare cose insieme, essere compagni di avventura, in una terra che era il sogno di mari incontaminati e in Italia aveva casa da rimettere in ordine, il padre, le sorelle, gli amici, tante stanze da riordinare dove viveva la memoria di una madre malata di sclerosi per più di trent'anni, ci voleva forza, allegria, coraggio; aveva senso avere per compagna una moglie che faceva la badante. Aveva senso stare in Italia alcuni mesi all'anno e in Brasile per l'inverno, il carnevale e poi per marzo si ritornava.

Dopo che era morto suo padre la storia era cambiata per tutti e con Sibilla si tenevano in ordine i giardini, si facevano scambi di piante: quelle della rocca si portavano ad Acquabianca e quelle di Acquabianca, i bambu che Sibilla e il padre avevano piantato insieme, venivano rimessi in ordine e si riportavano alcuni germogli alla rocca perché potessero attecchire in un disegno di comunicazione tra una terra e l'altra.

"Mio Dio ti stai ripetendo, smettila di ripeterti perché continui a ripeterti come una rimbambita?"

Dopo un attimo di riflessione si rispondeva: "Non sono rimbambita, ho paura di perderlo e devo riportare alla mente i punti di riferimento che me lo riporti alla mente vivo".

Quando esco al mattino guardo i bamboo, il lauro ceraso che ha potato, il sasso sull'angolo per evitare che il marciapiede volasse nel vento, guardo le orchidee blu da giardino per evitarmi di invidiarle alla casa di suo padre.

Poi mi vendico sui gerani", -Mettili dentro la legnaia, vedi se sopravvivono all'inverno- aveva detto. E loro erano sopravvissuti così li mise fuori a prendere la gelata del mese di marzo e loro rischiarono di morire. Su quattro due insistettero a farle dimenticare i propositi di vendetta, e le dicevano ammiccando dai rami che sembravano secchi- Si! siamo straordinariamente forti e vigorosi-.

E i bamboo che spuntavano anche nei punti più refrattari, si in chinavano al vento ed erano come sempre saggi.
La signora d'Amato del paradiso delle signore rifletteva: il sogno di mari incontaminati e delle cartoline per farsi invidiare dagli amici faceva i conti col fatto che lei non sapeva nuotare, né avrebbe mai imparato.
Non ne vedeva la necessità.
Per lei il sogno era tornare in Brasile da signora, cioè vivere al terzo piano di una casa per bene, con un frigorifero importato dall'Italia (più conveniente importarlo che comprarlo lì: che fatica!), un frigorifero ampio e spazioso come un continente.

L'amico di sempre che aveva una moglie brasiliana aveva trovato una posada sul mare di cui occuparsi: con la mente fertile dell'occidente l'aveva fatta rendere quattro volte tanto.

Ma la proprietaria si era fregata le mani per il guadagno e non li pagava quattro volte tanto.

La dimensione di affari non era così incontaminata e forse in Liguria, così vicina agli amici di sempre, sarebbe costata di meno.

Così era rimasto un anno a mettere in ordine la casa che era appartenuta al padre, a curare l'orto, che per lui era un piacere grande, come accade a chi ritrova nel contatto con la terra una meditazione e una disciplina che non hanno a che fare con la povertà ma col lusso di chi può permettersi di fare nascere e crescere ciò di cui si nutre; così portava le ciliegie in dono agli amici quando andava a fare la manutenzione delle case e dei giardini, come sempre, come ogni anno.

Si certo, era lavoro, ma anche abitudini care, le stesse di suo nonno e di suo padre e la pace con la storia della sua famiglia.

Sibilla girando per il giardino non poteva che pensare a tutto questo mentre guardava il riordino che quest'anno lui non avrebbe fatto, in un assurdo clima di primavera e di rinascita: il 25 di febbraio le primule, la prima pervinca e le forstizie, il giallo di marzo aprile distribuito anzitempo a piene mani assieme al viola intenso delle mammole, mai così profondo e così definito, tanto che i bucaneve temendo di essere spiazzati da quella sfilata da cambio degli armadi a tutti i costi avevano deciso di esserci senza badare a spese e così tutto il prato disponibile con un mantello fitto, ma così grigio come chi fa fatica, teme di scomparire e va a riprendersi lo spazio che gli tocca di diritto.

Poi si rilassavano perché ce l'avevano fatta prendevano fiato e diventavano un po' più lilla e con i pistilli immancabilmente color zafferano.

Tutto così pieno di vita, di urgenza di nascita e intanto stare attenti ai sintomi, il corona virus, si resta a casa, un'epopea seguita per televisione.

Si poteva immaginare Giovanna Botteri che dalla Cina arrivava con abiti amplissimi e azzurri come di notte, pieni di luci, nelle cui pieghe si potevano vedere le mascherine, le tute bianche dei molti ospedali di cui stava raccontando, protetta alle spalle da grattacieli pieni di silenzio e di gente che non doveva uscire di casa e strade vuote.

E intanto c'è tutta una Italia che elabora il dolore, lo stupore, lo stranimento e cerca di non sentire la mancanza non solo dei cappuccini, ma anche dei funerali dei molti morti, deportati di notte in camionette militari; ogni volta ci si chiede se si sta assistendo ad uno spettacolo televisivo col retrotesto di campi di sterminio o se sia la realtà finché non si scopre il silenzio per le strade che hanno cominciato a sgombrare le frane, sono tornate praticabili, ma non ci sono le macchine perché l'ordine è non uscire di casa.

Si scopre il lavoro da casa, così sintetico ed essenziale, si fa scuola attraverso la connessione col computer, in ambulatorio la sala d'attesa vuota, senza assembramenti, le transenne, si viene su appuntamento cinque minuti prima, si misura la temperatura, regole diverse nel contatto con i pazienti... non è un film è un nuovo gioco a saper tenere la distanza, a riflettere e senso strano di saggezza, di pace, di spazi che si svuotano, impegni non necessari rimandati, di amici che si pensano e si abbracciano da WhatsApp.

Per mesi si è potuto accendere la televisione senza parlare di scandalo di immondizie a Roma.

Straordinario. Non c'era più il problema, i problemi erano altri.

Si poteva andare in ambulatorio, stai attenta a

non starnutire mentre fai la spesa al supermercato, e a quel broncospasmo che tutti gli amici le dicono di non fumare e lei china la testa sull'innocenza delle sue sigarette.

E calmi il bronco spasmo che è solo portato dalla delusione, dai tradimenti, dalla malacreanza. E Giovanna Botteri che le dice "Fai pulizie, non ti fermare, fai Yoga, metti la mascherina, proteggi i vestiti, i cani non sono colpevoli".

Che strana storia, come un crogiolo dove la vita sopravvive alla tentazione di fallimento, di non sapere fare i conti, di essersi fatta mancare di rispetto.

Sono mesi che si combatte col bronco spasmo, che si viaggia nel panico per le montagne che sono crollate.

E la legna viene messa in ordine.

E i carri attrezzi riparano le frane.

Il panico arriva dalla televisione e dice "Non cadere nel panico!"
Ma dai!
"Far giocare i bambini."
"Lavarsi spesso le mani."
Ma dai!

Lei vive in un bosco

Lei vive in un bosco dove c'è solo la natura che si esagera come se dovesse esibire entusiasmo spudorato a tutti i costi, ma due volte alla settimana va in ambulatorio e quando è in macchina riprende il filo dei suoi pensieri, gli stessi, ma che via via prendono forme diverse come le strade sgombrate dalle frane che aprono nuove vie sui fianchi delle montagne.

Non appena si siede sul sedile e allaccia la cintura di sicurezza riprende l'effetto

Amapola: "Amapola,
dolcissima Amapola ..."

Amapola forse era il nome di un fiore nuovo, mai visto prima.
No! Amapola è il nome di donna, infatti poi dice:
"il sogno mio d'amore per sempre sei tu..."

Nello stato nascente dell'America dei primi del Novecento ognuno va avanti con un effetto amapola addosso.

Il primo figlio che capeggiava uno sciopero viene ucciso dallo stesso mafioso che l'aveva tentata e le aveva ucciso il marito in Sicilia; la storia a cui lei si era sottratta fuggendo dalla Sicilia coi figli alla ricerca di una nuova vita e la raggiungeva a New York.

Cambiavano tante cose ma la storia sembrava essere sempre la stessa.

Certo, lei è Luisa Ranieri, interpreta la parte di Carmela, ma è un'attrice.

Cristiano Caccamo fa la parte del primo figlio, che ha preso il posto del padre come appoggio della madre.

Non sono mica madre e figlio in realtà. Mica lui è morto davvero per mano della mafia!

È una finzione scenica!

Ma lei è proprio come una madre che resta senza il primo figlio, il suo sostegno.

E lui è così forte, e adulto, che a volte sembra il padre della madre. Certo è uno sceneggiato, la terra promessa, i nuovi orizzonti, e così via.

"Certo non è che puoi fare finta.

Ti limiti a pensare, a osservare, a contemplare il mondo, come era, come è, come sta diventando", mentre si muove avanti e indietro nella terra delle frane dove lo scenografo si chiede che senso dare a quelle fette di montagne che se ne sono scese lasciando piogge di radici che a raggera decorano l'aria.

Certo è un pezzo grande di roccia che è venuto meno, non è solo l'eredità divisa in due anziché in tre, ma tutto quello che lui era in grado di fare col suo lavoro, col dare ordine, col suo cuore, con tutto quello che gli altri non potevano o non sapevano fare, i rapporti vitali con tanta gente.

Una persona non è solo sé stesso, ma è tutta la gente che conosce e attraverso di lui entra in contatto: gli uni con gli altri.

È un patrimonio.

È un patrimonio da non perdere.

Così mentre va in macchina continua a contemplare con la mente ferma passando tra gli ostacoli da superare, le cose da rimettere in ordine, le immagini scorrono davanti ai suoi occhi senza manifestazioni di dolore è solo acqua salata che trabocca dalle palpebre inferiori, come piccole acquasantiere troppo piene e lei quasi non se ne accorge se non per il fatto che ogni tanto deve soffiarsi il naso e si accorge che deve asciugarsi la faccia completamente lavata, ma è come per un fatto meccanico, senza risentimento, senza dolore.

Quasi.

Che poi in Brasile sono bruciati ettari di foresta amazzonica, ma lo sanno tutti che gli ospedali in Brasile sono quello che sono, mica puoi fare troppo chiasso per i tamponi, per il corona virus.

Che poi in Brasile mica sempre arrivano le corriere figurati le autoambulanze, a volte le autoambulanze neanche le chiami tanto sei convinto che non faranno in tempo o che lui è forte e ce la fa da solo.

Forse.

Ma non appena qualcuno che era di famiglia la pensa con affetto o la incontra all'ingresso del supermercato e la guarda con troppo sentimento, allora è come se nel suo pianto si inserisse il pianto di qualcun altro, con un carico di emozione, di compatimento, di compiacimento del dolore da farla diventare brusca e maleducata e tagliare dritto salutando appena con malagrazia.

Come se il pianto avesse una funzione sociale e chi piange dovesse raccogliere il dolore di tutti gli altri. Ma dai!

Forse per questo una volta si pagavano le donne che ai funerali piangevano per tutti: le prefiche piangevano per mestiere, mentre i parenti facevano il ricevimento degli ospiti.

Fatta eccezione di quelli a cui aveva detto per tempo di essere guerrieri, che l'abbraccio non spaventa i guerrieri, lei continuava a pensare di non essere debole e non povera, non le piaceva di pensare di aver perso una ricchezza della sua vita.

Rosa, una vicina di casa ultraottantenne tempo fa le aveva chiesto di accompagnarla al cimitero; l'aveva vista rivolgersi alle tombe dei suoi cari continuando a ripetere "Ricchezza mia, ricchezza mia, ricchezza mia".

Ci sono mattine che la stufa a pellet

Ci sono mattine che la stufa a pellet fatica a partire, emette gemiti a ultrasuoni e dice sul display "pellet esaurito". Ma il pellet c'è.

È accaduto che l'umidità ha fatto condensa durante la notte e un po' di pellet si è sciolto in segatura e ha creato tappo per cui il pellet non scorre.

Ci sono due vie.

O si svuota la stufa dall'alto con una paziente paletta e ci si arrampica per fare entrare il tubo dell'aspirapolvere per un metro di profondità o ci si ostina, ci si limita a passare l'aspirapolvere dal basso, si cerca di sgorgare il possibile si mette una manciata di pellet nel braciere per dare l'avvio e accendi di nuovo.

Allora inizia la fiamma perché il pellet lo si è messo a mano e senti la stufa che comincia a gemere come per un parto, spinge e si lamenta mentre il pellet fatica ad uscire.

Qualcosa del genere avviene nel corpo, e il plesso solare quando c'è muco che impedisce all'energia di scorrere.

Senzaterra sosteneva come i macrobiotici che i

carboidrati formano muco.

Sibilla non era d'accordo "Il muco ha a che fare con le emozioni non elaborate, energia che ha preso umidità ed è diventata stagnante.

Se dopo un po' che non si mangiano carboidrati se ne assumono in dose massiccia, magari mentre si va in macchina senza l'acqua per diluire il malloppo i carboidrati fanno da spugna catalizzatore, lo fanno venire fuori, non lo creano.

C'è bisogno di acqua, se l'acqua non ce allora si mobilita il muco che è lì parcheggiato a non fare niente, pensando di essere di qualche utilità, ma il muco gonfia l'impasto che diventa un manicotto di ghostbusters fatto di carboidrati masticati ma non digeribili.

Il risultato è peristalsi mobilitata, ci si ferma e si vomita senza dolore e senza rimpianto. Una vera benedizione.

Gli Yogi hanno molte tecniche per espellere muco e questa non è tra le più spiacevoli.

Espellere il muco è la paralisi dei sentimenti che finisce.

E nel parto è la stessa cosa.

La spinta è verso il basso e coinvolge tutti i centri dal plesso solare in giù.

Il parto è fatto anche di muco che viene espulso, ossia energia stagnante che diventa funzionale che aiuta lo scorrimento e l'espulsione del feto.

La nascita è proprio questo, emergere dalle interferenze e dire "io sono, ci sono."

Il mito di Ganesh

Atreius e Aragorn figlio di Atatorn avevano deciso di proteggere Fantasia dopo che Atatorn se ne ne era andato, così si tenevano in contatto standole sempre un po' addosso perché non avesse crisi di letargismo né di memoria.

Fantasia, in arte Sibilla, aveva l'arte dei destini aggiustati: faceva l'aggiusta destini.

Un'arte minuscola, fatta di silenzio, fatta di riflessione.

Lei aveva imparato quell'arte da sua madre e dalla madre di sua madre, dalla madre della madre di sua madre, dalla madre della sua nonna paterna, dalle tutte le madri delle madri che aveva incontrato sulla strada dell'apprendimento.

E la faceva facile. Si metteva davanti alla tazza del caffè, su un piattino i fondi del caffè nel posacenere i frammenti di cenere della sua sigaretta e metteva in ordine i disegni.

Finché non arrivava la musica giusta che toglieva le dissonanze e la storia, le storie, prendevano un'altra piega, si potevano raccontare come una canzone con parole che non facevano male.

Così era successo con Atatorn detto anche

Senzaterra Ognibene, sua ricchezza.

Senzaterra era stato in India a undici anni in un villaggio alle pendici del monte Kailash, in una valle dei templi situata a nord est di Dheli protetta dalle catene prehimalaiane dell'Uttar Pradesh che separano l'India dal Nepal e dal Pakistan.

Lì aveva cominciato ad andare a scuola.

La divinità che protegge la ricchezza si chiama Ganesh, che appare come un bimbo con la testa di elefante.

Parvati era una divinità nobile, elegante, seria.

Suo marito Shiva, amava far tardi la sera, aveva i suoi giri, non sempre di quelli che inviteresti nei salotti per bene.

E certe volte si ritirava trascinandosi dietro una ciurma chiassosa e disordinata e Parvati abbozzava. Decise alfine di porvi rimedio. E creò suo figlio, piccolo ma molto potente che a sera si mise davanti alla porta di casa e con l'ascia magica impedì a Shiva di entrare.

Shiva rischiava di fare una figura da poco di fronte ai suoi seguaci, così decise di tagliare la testa al figlio di Parvati.

E Parvati accorse, vide l'accaduto, si rivolse al marito e gli disse "Adesso trova un rimedio a questo danno altrimenti sei fuori dalla mia casa." Ed era molto seria.

Così Shiva promise che avrebbe dato al giovane la testa del primo essere vivente che fosse passato.

Passò un elefante e così Ganesh conservò il corpo di bimbo e la testa di elefante e Shiva fu partecipe della creazione della moglie.

Da bimbo molto forte imparò ad essere molto intelligente, quando fu sfidato assieme al fratello a fare il giro del mondo per vedere chi sarebbe arrivato primo, vinse perché fece il giro intorno a suo padre e a sua madre che erano il suo mondo.

Risparmiava tempo, trovava soluzioni economicamente vantaggiose, divenne la divinità che in India protegge l'abbondanza, gli affari.

Il risparmio del tempo.
Soluzioni per ottenere il risultato senza farsi male.

Quel giorno prendendosi il caffè

Quel giorno prendendosi il caffè e fumandosi la sigaretta gli disse "Io ho visto tuo padre felice, poco prima di separarci, ho visto come avrebbe potuto essere se avesse messo da parte la paura di Kronos, la paura di essere detronizzato, la necessità di essere il più importante.

Quel giorno eravate in tanti, sembrava che ci fosse l'adunata di tutti i figli maschi e si era rotta una tubatura che passava in alto per la stanza del camino. Sì certo l'idraulico era lui ma era un danno che richiedeva il coordinamento con gli altri.

Dopo il primo momento di disordine in cui non si sapeva chi dovesse ordinare a chi cosa fare, io ero presente in disparte e pensai che sarebbe stato bello se vi foste coordinati.

E avvenne qualcosa.

La soluzione fu trovata insieme, in poco tempo.

Eravate in quattro, avete smesso di guardarvi scuotendo la testa ostentando dissenso, avete smesso di sentirvi in colpa se andaste d'accordo, avete cominciato a muovervi scorrendo l'uno verso l'altro senza essere faticosi, scivolavate ognuno sapendo cosa fare perché l'altro potesse andare avanti e la falla d'acqua fu arginata, ed eravate felici, vi guardavate complimentandovi, come chi ha fatto una scoperta, chi ha condiviso qualcosa di importante, eravate insieme."

La condanna a farcela da soli è la promessa che si fa alla propria madre, di saperla proteggere mettendosi contro il padre, è una fregatura che si trasmette di padre in figlio ed è quella che ci fa invecchiare e morire. La grandiosità dell'IO!

"Io ho visto tuo padre come chi avrebbe potuto essere se avesse deciso di andare più avanti con gli anni: rilassarsi e godersi il suo rapporto con i figli maschi, tutti gli uomini giovani che frequentavano la sua casa, senza timore di perdere il regno.

Essere con gli altri, non da solo".

Quel giorno Senzaterra scoprì che doveva accettare suo padre se non voleva assomigliargli e cominciò ad essere meno Senzaterra.

E comunque su Sibilla bisognava vigilare, perché quel suo modo di aggiustare i destini così come per caso non diventasse un gioco costoso per quelli che la circondavano.

Così quel pomeriggio che lui era già in Brasile e lei si era fatta prendere da quel bar fantasioso, pulito e preciso come un orologio svizzero dove servivano cibi sfiziosi, confezionati in modo impeccabile se li volevi da asporto, dove si incontravano tutti i personaggi di star war, il robot piccolino, quello più grande e saggio Skywalker, Chewbecca, gli Jedi, la principessa Leila ma anche Darth Fener, la pendola scordarella, l'orologio rubacchione che rubava i minuti e voleva essere aggiustato e altri avventori e tutti con il destino da leggere e da cambiare.

Forse!

E suggerivano che approfittando di quel buon cibo... c'erano i falaffel egizi, c'era il formaggio impanato, così svizzero, ma anche le pizze, ma anche i cibi del Maghreb, tutto così pulito, così impeccabile.

Forse se avesse accettato di mangiare tutto quel buon cibo così disponibile avrebbe potuto mettere a posto un sacco di destini.

Soprattutto poteva cedere un destino già aggiustato in cambio di uno da mettere a posto, come se si potessero fare scambi di destino!

E prima di cadere in un gioco di destini confusi arrivò un messaggio secco di Ognibene che le ricordava di stare nella sua regola.

Il suo metodo funzionava a raggio circoscritto con chi conosceva bene, e soprattutto lei funzionava con caffè e sigarette che più di tanto... e soprattutto se avesse mangiato le cose che lei sapeva essere compatibili con lei stessa altrimenti le sarebbero venute le allergie.

Così si ritirò dalle tentazioni a largo raggio.

Poi sarebbe arrivato il corona virus e i ristoranti e i bar si sarebbero riaperti dopo aver imparato a tenere distanze regolamentare per non invadersi.

E poi sarebbe arrivato Ezio Bosso e la sua bacchetta magica come quella di Ollio-Luca Bizzarri che faceva arrivare la gioia e la voglia di ridere oltre i volumi imbarazzanti: Luca faceva ricordare come

Ollio diventava leggerissimo muovendo la bacchetta magica, come faceva Ezio Bosso quando dirigeva l'orchestra, una orchestra serissima in cui si rideva, come quando si scopre in ciò che si sta facendo, la vita, Dio, l'armonia , la bellezza, la guarigione, oltre. Oltre tutto.

I concerti di Ezio Bosso finché era in vita erano malati dal modo di considerare la pena, la sofferenza, lo sforzo con cui ci si identifica cadendo nella tenera commiserazione nei suoi confronti. Quando lui ha lasciato il corpo fisico si è diventati liberi di vedere la sua gioia, la sua scoperta, la forza di guarigione che stava trasmettendo a chi lo osserva. Quando lui suona al pianoforte non c'è più nessuna malattia, nessuno spasmo.

"La musica siamo noi. La musica è vita, come l'aria, come l'acqua."

Facile! Magari un po' fanatico? Si qualche volta chi scopre nell'arte la via per la vita lavora talmente tanto che può sembrare un po' fanatico.

Compreso il fatto che solo dopo la morte siamo stati liberi dall'idea di sofferenza e siamo stati in grado di apprezzare la lezione di vita.

Sibilla si accorse che i suoi amici erano tanti e
lei non doveva sforzare i fondi di caffè e la cenere delle sue sigarette a sostenere tutto l'esercito di star wars.

La saggezza è saper chinare la testa con deferenza davanti ai doni che si manifestano.

Doni rubati al futuro. Doni per il futuro.

Il messaggio di Ognibene di fermarsi le arrivò con tale potenza ed esattezza che lei non capì mai come fosse potuto succedere visto che lui se ne era già andato anche se lei non lo sapeva ancora.

Difficoltà tra Caparezza e Pascoli

Per questo quando qualcuno la pensava con toni dolci e compassionevoli "Accetta che ti è mancato!"
Lei reagiva abbastanza risentita "Non mi è mai mancato!"
Non aveva mai potuto sopportare Pascoli e il dolore che diventa dolce sul fare della sera nelle voci di tenebra azzurra.
Le veniva allora in mente quell'anno che lei fece l'orto dopo che lui, tornato come sempre dal Sudamerica l'aveva convinta dell'esistenza della paciamatura, cioè fare l'orto senza faticare. Tutta l'erba tagliata si metteva intorno alle piante dell'orto con la funzione di impedire la crescita di erbacce intorno alle piante edibili e di trattenere la rugiada della notte in modo che le piante non dovessero essere innaffiate.
Sibilla che si dilettava in geometrie sacre, creò l'orto come un Mandala, disegnando rombi coi porri, e distribuendo le piante in modo che i pomodori rossi sarebbero nati a sud, i peperoni arancioni a est, le melanzane viola a nord, a ovest zucchine. Il tutto in un cerchio di zucche sontuose.
Ai quattro lati aveva osato piantare quattro piante

di erba Maria.

A est per il nuovo inizio, a sud per i sogni e i desideri, a ovest per la pace con gli antenati, a nord per la buona comunicazione.

E per essere una che in fatto di orto non sapeva né leggere né scrivere né avrebbe mai avuto la pazienza di chi passava ore ad accudire alle piante, secondo tradizione, si trovò con raccolti impressionanti e con le quattro piantine di giovane Maria che svettavano verso l'alto, anche se lei non sapeva se fossero femmine o maschi perché non era così preparata sull'argomento.

Lei era nella contemplazione!

Finché vennero a trovarla i suoi parenti superseri, che avrebbero comunque mostrato le loro perplessità, per quella modalità di vita così Heidi.

Lei non aveva sentito le chiacchiere dei vicini e all'improvviso si allarmò.

Al telefono Ognibene serissimo, almeno quanto i suoi parenti le disse calmo. "Non c'è problema: intanto sei calma! Prendi la cima delle piante e le inchini a terra, loro si flettono. Ci metti sopra un sasso e non si vedranno. Quando se ne andranno togli il sasso e tornano come prima."

Così arrivarono, li portò al fiume, gli fece fare il giro della casa, non ostentò la creazione di un orto come un mandala, preferì non sottilizzare quando se ne andarono un po' costernati un po' accettando il fatto.

Appena partiti lei sollevò i sassi e una dopo l'altra, le piante così eleganti sulla cui utilità c'erano pareri controversi, tornarono erette solo appena un po' curve come per deferenza. Che piante flessibili.

Al momento del raccolto lei fece seccare fiori e foglie, sbriciolò il contenuto in un ampio vaso di farmacia in ceramica con la scritta gotica IN ERBIS SALUS, e lo mise tra il caffè e il cesto delle spezie, tra le cose che un po' servivano un po' davano decoro all' ampia cucina. Li restò per circa un anno e mezzo.

NO! Non seppe mai la qualità del raccolto, le bastava esserci riuscita. C'era: era lì.

Quando decise di traslocare nella casa del padre di Senzaterra i giovani amici che si erano offerti di trasportare il necessario dalla sua casa scoprirono il tesoro nel vaso, se ne impadronirono pensando che lei se lo fosse dimenticato e il giorno dopo fecero una torta con zucchero, burro, miele, frutta secca, (farina poca) e gran parte del contenuto del barattolo, senza avvertirla. Gliene offrirono una ricca fetta e lei cadde in sonno profondo per due giorni non si svegliò.

Era davvero molto stanca, anche se non aveva avuto il tempo e lo spazio per rendersene conto.

Sorrise al ricordo di qualche decennio prima (erano passati quasi vent'anni) e tornò nel qui e ora.

E guardava, fermando gli occhi, le piccole pile di legna piccola lasciate in ordine perché non facesse fatica ad accendere la stufa. Legna che non osava toccare come se dovesse durare per sempre.

Lamento dell'aspiracenere

Si certo.
Le mattine non erano tutte uguali.
Se aveva guastato il motore dell'aspiracenere con un frammento ancora acceso, l'aspiratore continuava a funzionare, ma per la casa si diffondeva il rumore di un risentimento a voce alta, era proprio sconfortato per la scarsa attenzione, con un retrotesto di "Fiji mihi, fiji mihi, fiji mihi" (figlio mio, figlio mio, figlio mio).

Come avrebbero fatto certe madri del Molise che avrebbero giravano per casa piegate in due lamentandosi.

Com'era quell'altra poesia, quella che dice: chi vede inginocchiato sulla tomba un bolscevico che piange...

Si certo c'era il pianto ma era un bolscevico, una montagna di significato sulla tomba di Ivan Jilic. Ma di chi era quella poesia.

E continuava a perdere un po' di tempo prima di arrivare a Majakovski perché la mente girava senza volersi rammaricare sul verso "Chi vedesse... sapete, è un bolscevico che piange chi vedesse..., sapete, sapete, dovete sapere e non è lamento, dovete sapere. "

E la necessità del canto.

Ognuno col suo viaggio

ognuno diverso,

ognuno in fondo

perso dentro i fatti suoi

Ma quando uno è una certezza non può sparire, c'è un tempo e uno spazio dove esiste.
È dentro i cortili di don Gallo a Genova dove ha passato l'infanzia.
È dentro le storie costruite con gli altri, quelli con cui condivideva gli ideali di come progettare un mondo diverso, un mondo meno perso dentro i fatti suoi.
Si era costruito un titolo di studio di raro privilegio: poter lavorare con fratelli e sorelle che lo aspettavano a creare spazi dove le cose prendessero una forma migliore: questo era qualcosa di fisico, materiale, ma dopo anche i sentimenti e gli stati d'anima miglioravano.
E dopo qualche giorno insieme si erano messe a posto tante cose.
La protezione dell'aridità di cuore, la medicina di cui aveva bisogno, da creare assieme agli altri.
E se questo avesse avuto senso ci sarebbe stato

l'arte per poter restare senza sognare mari incontaminati, perché i mari incontaminati non esistono.

Non esistono più!

Sibilla lo vedeva in tutte le cose che aveva fatto in giardino e cominciò ad aspettare Dumbo che avrebbe fatto respirare le sue ampie orecchie volando sopra il pianoro e atterrando vicino alla clematide che stava crescendo abbracciata al pero a cui si erano tagliati tutti i rami malandati; il tronco forse avrebbe ributtato, forse no, ma comunque non sarebbe rimasto sguarnito e sconsolato.
Così come la cascata di caprifoglio e di edera avrebbero ammantato il tronco del vecchio melo, protetto per sempre dall'essere solo e abbandonato.

L'appartenenza di Coccore

Dumbo Senzaterra aveva un senso alto dell'appartenenza, quelli che appartenevano alla sua cerchia avevano la sensazione che non fosse mai lontano.

L'appartenenza più importante era Coccore, il paese delle Marche vicino a Fabriano dove ogni anno gli amici si radunavano per creare l'accampamento e preparavano la battaglia dei due giorni.

Quando anche Sibilla andò a Coccore, così vecchietta e tutta da mettere in sesto che non aveva armatura e bisognava rivestirla e starle attenti che non si facesse male e tutti che pensavano "Mio Dio! Anche questa adesso a fare finta di fare la guerriera, speriamo che vada a casa tutta intera..." ed era tutto un "Ma dai! Ma come sei giovane, non sembra che..."

E lei civetta "Ah ma guarda io se non vado a dormire presto poi non sto in piedi, per non parlare della schiena delle ginocchia..."

Così li toglieva dall'imbarazzo.

Lei era lì per vedere, sentire, e questo lo faceva da sola realizzando come sempre il contatto con chi era in sintonia.

E Nicolas disse un giorno che spiegava la storia ai

nuovi e ai meno nuovi "Noi combattiamo per due giorni, ed è chiaro che andiamo a incontrarci e a scontrarci con i nostro nemici interni, il combattimento deve essere leale e alla fine dei due giorni doni ai vincitori riconosciuti dai vinti".

E Sibilla sottraendosi alle preoccupazioni che tutti avevano nei suoi confronti respirò e annuì.

E Senzaterra che manteneva il filo diretto con lei, come sempre e non era preoccupato le disse "Adesso hai capito perché sono venti anni che vengo tutti gli anni".

Per lui non era importante vincere, lui governava, faceva parte degli amici che proteggevano gli ideali.

Era di quelli che arrivavano un mese prima della seconda luna di agosto.

Era vigile, di sostegno, spiegava come si dovevano fare le cose.

Anche quando si doveva mettere a tacere con un po' di sufficienza sua moglie che aveva combattuto nella parte avversa e continuava ad andare querula divertita e fastidiosa "Oggi in combattimento ho ucciso tre volte mio marito!"

La misura a Coccore è un'altra: non si fa mai troppo chiasso, perché la guerra di Coccore è un allenamento dell'anima e non ci si uccide per davvero. E soprattutto si resta in contatto per tutto l'anno, ci si pensa, si elabora, ci si sostiene reciprocamente per esorcizzare il pericolo che accada qualcosa di negativo a chi ha interpretato la parte dell'avversario in quel combattimento.

A Coccore la vita del campo comincia almeno un mese prima.

Nella grande valle del Cupale si delineano i perimetri di appartenenza, le tende di colori diversi, le toilette (scavi in terra tenuti puliti a calce), le docce (riserve d'acqua allineate in fondo al campo).
Sole senza pietà di giorno, freddo la sera, il fuoco da accudire dentro le tende, la preparazione del cibo, tenda per tenda.
La preparazione delle armi: scudi, lance, spade, gommapiuma e cuoio, le divise. Le fasi dell'addestramento.
La musica la sera. La danza.

Come nel villaggio di Asterix il Gallico ci sono i druidi che sono seduti nella tenda dell'accoglienza e c'è la pozione magica che si versa nei caffè della mattina.

La pozione magica si prepara con la musica della sera prima, il ritmo sostenuto dei bonghi e delle tablas, gli strumenti a percussione e delle danze.
Come in Asterix c'è sempre qualche Falbalà, graziosa che dà armonia al ritmo.
Gli strumenti a percussione hanno un ritmo serrato che sale e ci arrivano dentro tutti i sentimenti che si sono tenuti compressi per un sacco di tempo, da cosa hai provato quando quello ti ha superato per strada non dandoti la precedenza, alla multa salata che ti sei preso quel giorno che hai parcheggiato dove hai

potuto, alla torta che è venuta bruciata perché si era distratti, al distributore che hai trovato chiuso per la tua dabbenaggine , alla macchinetta per distribuire il caffè che si è esaurita perché qualcuno ha rovinato il contatto, per quella per cui ti sei preso una sbandata che ti ha dato buca perché non hai indovinato quale era la canzone che avresti dovuto cantarle. Si, fluisce qualunque cosa.

E la danza di Falbalà dà armonia alla musica.

Per questo quando vai in battaglia vai a combattere contro i tuoi nemici dentro.

Quelli fuori sono gli amici che incontri l'anno prossimo: quest'anno sono stati gli avversari,

magari l'anno prossimo saranno gli alleati con cui condividere obiettivi e strategie.

Per questo si è leali in combattimento e se hai

fatto delle scorrettezze rispetto alle regole previste, chiedi scusa.

Per questo ci si uccide per finta, come in una rappresentazione.

Per questo la cerimonia dei doni è importante, è all'insegna della riconoscenza.

Per questo si esulta per chi viene dichiarato l'eroe dell'anno, perché si è distinto per come si è comportato.

Per questo dopo c'è la festa in cui si mangia il cinghiale tutti insieme. (Si sì! Proprio come in Asterix!).

E le visionarie nei giorni della preparazione avevano visto addensarsi sotto le nubi e sotto le stelle, le folle che arrivavano al suono delle tablas e dei bonghi, le folle che chiedevano giustizia, protezione, salvate dalla sofferenza, dall'abbandono; teoremi di persone che si stringevano sotto il mantello della signora del Cupale, per essere protette dalle spade del monte Tuono.

Tutto si placava la sera della grande festa quando la battaglia era finita, e si era sazi del cibo e dell'amore e dell'amicizia che li aveva colmati e potevano tornare nelle loro case e alle loro appartenenze, certi che i conti sarebbero stato fatti con giustizia, onestà, rispetto dell'onore.

Forse questa non era l'unica esperienza di questo tipo in Italia, ma come diceva Senzaterra "A Coccore ci sono i miei amici, quelli che conosco, anche se di alcuni so solo il nome di battaglia e non so di tutti quale sia l'abito che indossano fuori dall'accampamento". Soprattutto le regole condivise e il giudizio ti avrebbero seguito e protetto anche fuori dai due giorni di combattimento.

Perché l'onore e l'onore delle armi è una cosa seria.

La modifica dell'appartenenza

Le appartenenze hanno le loro leggi.

Quando si mescolano due appartenenze diverse c'è comunque un accordo per reciproco vantaggio, ma anche il desiderio di modificare la propria appartenenza con quel poco quel tanto che appartiene al mondo dell'altro.

E questo è un fatto che appartiene alla creazione di un nuovo equilibrio che condivide quello che può condividere, a volte funziona a volte deve aggiornare le misure.

Sibilla pensava a come è strana la vita e a come cambiano le prospettive: se lasci la pentola sul fuoco fino ad una certa età si dice che sei innamorata, da una certa età in poi non lo si dice ma il fantasma Alzheimer compare nel retrotesto.

Lei aveva visto un servizio di qualcuno che non ricordava il fatto di passare alcuni mesi all'anno in Brasile occupandosi dei ninos de rua.

Era un personaggio che in occidente era un uomo di successo, forse un personaggio della moda, che aveva creato un centro dove avvenivano molte cose.

Lei aveva seguito la trasmissione con interesse e perplessità e si chiedeva quale fosse l'obiettivo dove voleva arrivare.

Era una necessità sentimentale? che bisogno stava appagando in sé? da cosa voleva essere salvato e soprattutto che contrattualità aveva con l'ambiente nei loro confronti?

Il mondo dei ninos de rua è un mondo a sé.

Non è che puoi fartene un quadro sentimentale o romantico, perché loro non sono né sentimentali né romantici né se lo possono permettere.

Sono determinati alla sopravvivenza e senz'altro in una parte della loro mente c'è il desiderio di essere ricchi, sazi, con una casa con elettrodomestici, magari vedere la strada dalla terrazza e qualcuno che ti serve l'aperitivo magari arancione, magari verde, magari con la cannuccia.

E una grande, grandissima televisione a colori da cui puoi guardare il mondo.

Lo spirito che li anima è la determinazione alla sopravvivenza, sanno commuovere, impietosire, ammaliare, ti guardano di sottecchi e vedono dove possono arrivare, giocano d'azzardo, provano a sentirti alla pari, se sei troppo gentile e nobile pensano tu sia facile, ci provano, se capiscono di aver esagerato si ritirano.

Sembrano non avere paura. In realtà sono oltre la paura, sono lo stupore.

Mai esagerare la capacità di stupirsi.

È una misura particolare.

Sanno fare lavori pesantissimi, hanno un senso della riconoscenza tutto loro, appartengono a quelli che rischiano per sopravvivere.

E se ti fanno dei giochi che ti fanno arrabbiare
ti fanno vedere come sono bravi a proteggerti da te stesso e dopo sei nelle loro mani.

Vanno rispettati. Mai farsi venire in mente di essere buoni, perché sei rovinato.

La bontà è una categoria mentale che non esiste nel loro codice.

C'è una solidarietà tra simili, tra fratelli.

Appartengono ad una categoria sociale senza padre, i padri non sono importanti.

Più che altro non ci sono inutile, cercarli o sentirne la mancanza: loro fanno senza.

Può succedere che un ragazzo venga ucciso per strada per una vendetta.

Non si saprà mai chi l'ha ucciso, non si aprono inchieste.

Del fatto si saprà che è accaduto, ma impossibile fare troppe domande.

Così può succedere che se uno di loro, si perde nella droga, lo si aiuta in qualche modo, ma chi si perde, sia responsabile di essersi perso. Chi deve sopravvivere sceglie le sue ciambelle di salvataggio, meno sentimentalismi.

L'indifferenza ai sentimenti è un'arte: ce l'hanno i nobili o comunque quelli che frequentano scuole di potere, ce l'hanno gli attori quando devono interpretare le loro parti, ce l'hanno quelli che sono determinati a sopravvivere nascendo in situazioni disagiate.

Poi ci sono quelli sentimentali che sono gli ingenui, che possono essere divorati in un sol boccone sia dai nobili, sia dai bravi attori, sia dai ninos de rua.

La messinscena non è originale, il repertorio sembra essere già noto: si possono fare racconti pietosi scrutando per vedere se fanno presa sulle persone per bene.

Oppure si fa sapere che sono terribili e provano a fare paura.

A volte dimostrano come sono bravi a pregare.

E allora bisogna cominciare a preoccuparsi.

Quale è la differenza tra una persona di potere, un attore, un ninos de rua?

La misura che è data dal potere economico, dalle appartenenze sociali, dalla cultura, dagli obiettivi più o meno altruistici che caratterizzano la propria appartenenza.

Dal rispetto dei padri e degli antenati.

La maestria e la misura

Quelli che nascono con una appartenenza chiara ma con un sacco di cose da mettere in ordine, in genere incontrano i maestri fin da bambini, in modo da imparare a fare le cose per bene, a sviluppare la dose d'amore necessaria che in genere gli viene trasmesso da chi gli dà l'incarico mettendolo al mondo, senza essere ingenui, cioè senza essere soffocati dai sentimenti.

Interpretare la parte di John Wayne significa, "Io arrivo e di me ti puoi fidare, perché io interpreto gli ideali positivi."

Solo che nei film si immagina vicino a John Wayne un essere angelico, bello e buono; nella realtà è probabile che per mantenere in equilibrio John Wayne ci voglia qualcuna del gruppo "Dattenamossa" o "Senzatantestorie".

Soprattutto se il desiderio comune è "Mettere tutto in ordine, farsi voler bene da tutti ed essere liberi di andare."

E Questa può essere la prima parte della vita, quella in cui pensi che la libertà sia altrove, sempre da un'altra parte. Finché ti accorgi di essere sottomesso alla causa e a quelli che pensando di tenerti coi piedi per terra diventano i proprietari della tua casa e della tua vita. E hai bisogno di immaginare e di concepire altro.

Poi magari arriva per caso Vasco Rossi che dice:

"Cambiare il mondo
è quasi impossibile
si può cambiare solo se stessi
se ci riuscissi faresti la rivoluzione."

Paradossalmente la rivoluzione è smettere di darsi da fare per gli altri e chiederti che cosa desideri per te stesso.

Allora smetti di essere egoista e cominci a lavorare sui tuoi sentimenti.

Smetti di voler essere accettato e cominci ad accettarti.

Qualcosa che avevi trascurato riprende valore, qualcosa che era molto pesante chiede di perdere un po' del suo peso.

E soprattutto ci sono cose che accadono per tutti a cui non si può essere indifferenti, per cui è inutile pensare di andare lontano è più interessante trovare le alleanze dove si è perché ci sono cose da fare non perché bisogna occuparsi di qualcun altro ma perché è iniziata una fase della vita in cui la scoperta è proprio lì nella terra in cui hai più amici con cui condividere e puoi sforzarti meno.

Noi ci salviamo quando il nostro mondo interno, il nostro immaginario, il nostro mondo magico viene nutrito di cose buone.

Se scopri che nello spazio si sono incontrati due corpi che hanno iniziato a danzare e creano per un effetto chiamato Boson-Einstein un sistema di onde che crea moltissime cose, allora si entra nella creazione.

Non perché ti credi di essere Dio, ma perché sei di quelli interessati a vedere cosa succede e cosa si può fare insieme.

All'improvviso smetti di essere John Wayne e ti metti a scoprire.

Come se gli ideali si fossero fatti più vicini alla realtà, soprattutto si poteva smettere di far finta di sapere tutto ed essere responsabili di tutto, si poteva sviluppare la curiosità, c'era qualcosa da imparare.

Era arrivato un grande cambiamento.

Così stette un anno da solo a mettere ordine nella casa che era stata di suo padre e che ora era la sua e a vedere i suoi amici.

E lei stette un anno in Brasile nella casa con sua madre.

E mentre arrivava Natale, iniziarono i messaggi collettivi tra L'Italia e il Brasile e non era un campionato di calcio.

WhatsApp è un mondo dove tu puoi mandare messaggi personali, foto, video.

E puoi mandare i messaggi collettivi ossia ad un gruppo di persone che hanno un'unica casella di corrispondenza: informo tutti e tutti leggono la posta.

Sibilla osservava standone fuori e prendeva atto.

Dal Brasile arrivarono auguri e riflessioni

quotidiane, umili come preghiere e dolcissime.

Senzaterra mandava in risposta, sempre col senso collettivo urbis et orbis, filmini con Babbi natali magrissimi, con la pipa tra i denti che un po' nervosi andavano avanti e indietro ad accatastare doni sotto l'albero di Natale tirato fuori per l'occasione.

Aveva un gran da fare!

E ci fu il Natale in casa della nonna, parole poche, c'era tanto da fare: la sensazione era che stesse trovando la misura per un abito nuovo e dovesse imparare a resistere alla tentazione dei vestiti già visti o comunque troppo pesanti visto che non faceva affatto freddo.

Per niente!

Ma non rinunciò a far sapere un po' smargiasso, dopo il 20 di gennaio che lui "AH AH!" se avevi bisogno dovevi aspettare che tornasse AH! era al mare in Brasile AH AH! sì il libro lasciamelo pure in cascina, Ah Ah!

Come se tutto fosse chiaro e lo si dovesse solo aspettare invidiandolo!

Che palle!

Sibilla restò nel suo sopracciglio sinistro a considerare che avrebbe preferito un po' meno repertorio per la rappresentazione che si doveva pagare.

Lui non era passato da lei a salutare prima di partire

visto che "Sibilla poi ci dice sempre quello che dobbiamo fare"

Così tenendo la distanza mentre preparava i bagagli non le aveva detto che lei stava sciorinando le richieste che lo avevano fatto innervosire ed essere un po' insofferente e Sibilla, per non mancare al fatto di dire sempre quello che si doveva fare non gli aveva fatto mancare il messaggio di essere cavaliere e di darle le sue sicurezze.

Perché poi uno ci prova a dire: no! Non c'è nessuna altra storia privata, ma c'era tutto il suo mondo che cambiava prospettiva, non un'altra moglie ma il suo progetto che prendeva un'altra direzione.

Hai un bel dire: No! Non c'è una storia di sesso.

Appunto! Peggio del sesso c'è solo il cuore.

È tutta la rivoluzione che il cuore comporta quando scopri una storia d'amore per la vita, per la tua vita, diversa da quella che ti eri immaginata prima.

Così la sera che andarono a mangiarsi forse una pizza e comunque a bersi una birra e lui le disse "Tu sarai sempre protetta davanti ai tuoi e in Italia perché formalmente io resto tuo marito, ma io devo vivere per un Amore più Grande" e glie lo disse come se lei dovesse capire "Il mio Amore non sei tu ma un'Altra".

E lei lo guardò con occhi di velluto neri come una canna di fucile.

E così lui morì.

E lei gli fece il funerale.

Una cosa serissima e di tutto rispetto.

Abbracci

Sibilla passò i giorni a mandare abbracci a tutti gli amici fidati e incontrò le due donne serissime che l'abbracciarono.

Giusto in tempo prima della pandemia.

E poi gli sceneggiati, l'aspirapolvere che si lamentava, la stufa a pellet che gemeva come per un parto, e la legna piccola in mezzo alla porta della legnaia, scultura iperrealistica, monumento alla memoria, immortale, per sempre, e una incazzatura!

"E avevi promesso di aiutarmi...
Vedi cosa devi fare!
Arrangiati trova il modo, mica te la cavi così!"

Finché e dai e dai arrivò Dumbo, non si sa se perché tutti si erano abbracciati o se perché lei gli aveva ricordato che c'era da fare, sta di fatto che ritornò.

Meno Senzaterra e più Ognibene, o forse Ognibene Senzaterra.

E lei lo stette a sentire:

e sembrava Vasco Rossi come spesso gli capitava

Vivere
È passato tanto tempo
Vivere
È un ricordo senza tempo
Vivere
È un po' come perdere tempo
Vivere
E sorridere dei guai
Così come non hai fatto mai
e pensare che domani sarà sempre meglio
Oggi non ho tempo
Oggi voglio stare spento
Vivere e sperare di star meglio
Vivere
E non essere mai contenti
Vivere
Come stare sempre al vento
Vivere anche se sei morto dentro
 devi essere sempre contento
Vivere...

Si doveva riposare, doveva rivedersi i fatti suoi.
È legittimo.
Dopo qualche giorno, cambiò la canzone

Guarda guarda là
Guarda la città
quante cose che
sembrano più grandi
sembrano pesantissime

guarda quante verità
quante tutte qua
Cosa non darei per stare su una nuvola

Grande la città
grande guarda là
macchine veloci
gente più capaci
guarda quante società
quante non si sa
altri muoiono
io non so cosa non farei
io non voglio perdere
io non voglio correre

non ridere

cosa non darei per vivere su un'isola
cosa non darei per stare su una nuvola
cosa non darei per vivere una favola.

Così lo abbracciò e lo fece dormire.
Perché si deve anche poter riposare dopo un lungo viaggio, prima di decidere il da farsi.
Era tornato a casa.
Era tornato a casa.
Era tornato a casa.

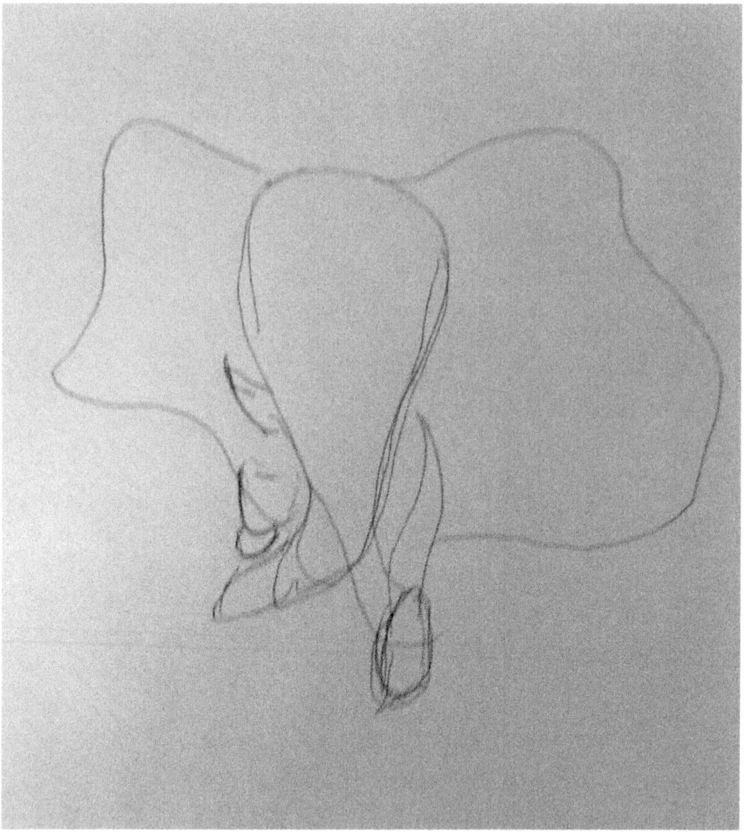

Quell'anno così particolare

In quell'anno così particolare dove, 02-02-2020 si manifestava come una data che si poteva leggere come un movimento di andare e venire, era accaduto che tutti gli amici fidati avessero cominciato a spostarsi rapidi come folgori a portare i loro doni, il loro sostegno così esatto ed essenziale, per la vita, al di là del contatto con la terra.

Fantascienza! L'ho sognato!

Non era solo la televisione, o WhatsApp, era anche una rete di fili che si connettevano intorno la casa, tenuti da un pensiero di riconoscenza.

Erano pensieri di essere umani senzienti che ti raggiungevano attraverso il tempo e lo spazio, anche a distanza di molto tempo e di lungo spazio, una rete di pensiero affidabile.

Gioielli.

Per questo erano doni per il futuro.

Prima che il corona virus diventasse l'impossibilità di muoversi da casa e la necessità di meditare sulle vicinanze, sulle distanze, sul riconoscersi con onestà.

E riuscire a meditare per dire i fatti con meno risentimento e più rispetto per non restare incastrati in litigi e sopraffazioni senza fine, che fanno perdere la salute.

E soprattutto i funerali che non si potevano fare. Tutti condividevano lo stesso fatto.

Notizie per televisione, per telefono, mai così vicini e mai così fisicamente separati.

Tutti con la mascherina e imparare a parlare con gli occhi anche se non siamo in islam.

Credo che Bernardo Bertolucci abbia apprezzato la regia di quella Piazza San Pietro di Pasqua così vuota, pulita, esatta!

E la cerimonia di sera sotto l'acqua col Papa solo, con un mantello amplissimo d'argento, che elevava il Santissimo al Cielo all'acqua, all'aria, al fuoco. Alla Terra

Silenzio.

C'era qualcosa di assoluto.

Anche da Assisi arrivava la voce di padre Enzo che descriveva quegli spazi così impeccabili vuoti di gente visibile con architetture armoniose "Fatti per contenere un sacco di gente".

In realtà si era presenti in tanti, cattolici e laici.

Dentro San Pietro solo presenze simboliche sei carcerati e sei infermieri e la chiesa senza banchi.

Grande purezza delle linee.

Non c'erano le passioni, le apprensioni, le urgenze, c'era vuoto e silenzio.

La struttura pulita e lo Spazio che diventava infinitamente grande in un mondo che fino a poco tempo prima era sembrato così affollato.

È chiassoso.

Al di là della paura, dei sentimenti contrastanti, dei giochi di potere:
LO SPAZIO!
La preghiera non sia mai stata così potente. Attraversato da fili sottili del cuore e silenzi. In quello Spazio molte cose avrebbero assunto un peso e una importanza diversa.

Fine aprile primo maggio

A fine aprile se ne andava Lama Gancen, il Lama medico che era arrivato in Italia partendo da Gubbio. Uno dei maestri dello Spazio.
Il primo maggio Gianna Nannini canta dalla Terrazza Martini a Milano

Sei nell'anima
e li ti lascio per sempre
fermo immobile
un segno che non passa mai

Nemesi

Certo, esiste comunque la Vendetta che non è una divinità secondaria nella gestione delle vicende umane.

Certo Metis, la divinità dell'acqua così schiva e riservata, dopo essere stata bevuta da Giove che voleva averla tutta per sé, si è trasformata in Minerva, dea della giustizia, del combattimento, di tutti i di arte. Della misura e dell'armonia.

Certo protegge gli eroi, addestra Perseo che deve tagliare la testa a Medusa poiché ella pietrificava con lo sguardo, ed era impazzita dall'orrore. (Ed era sua allieva.)

Ma dalla testa di Medusa nasce Pegaso e dagli zoccoli di Pegaso sbattuti contro la roccia nasce la sorgente di Eliconia e la possibilità di raccontare poeticamente oltre l'orrore.

E mentre quell'uomo giovane suonava sulla terrazza sui tetti di Roma quella musica bellissima la voce di un poeta diceva che in quel tempo gli uomini cambiarono i loro cuori, e concepirono altre visioni e tornarono per addolorarsi per i loro morti e per guarire completamente la terra come erano guariti loro.

Fili di Arianna

Fantascienza: alternanza di sensazioni, cosa è vero, cosa è una allucinazione della mente, mossa dal desiderio o dalla paura, che a volte sono la stessa cosa.

Baipassare gli ostacoli, distinguere una informazione di ieri o ieri l'altro che ti avvisa di qualcosa che hai già fatto, prendere dal passato ciò che serve a stare meglio, non tradire le alleanze, sapersi riconoscere non trasmettere messaggi di apprensione agli amici di Milano o di Bergamo o di Verona ogni volta che il televisore rovescia in casa tragedie che non si sono evitate.

Matrix con l'aria serafica di Keanu Reeves raccontava che l'architetto e l'astrologa avevano inventato un nuovo gioco che convinceva tutta la terra a creare nuove abitudini.

Se si andava in giardino tutto era normale.

Dietro la casa oltre il recinto del giardino, coperto da un manto di glicine, c'era un bosco fitto di ontani, castagni e quant'altro che scendeva giù fino ai sassi dove rotolava l'acqua piovana formando un rio.

Quello era il luogo dove la natura si ingarbugliava e dove diventava un mistero selvaggio in cui si potevano immaginare tutte le storie che facevano paura, e che non si volevano incontrare.

Senzaterra ci mise due giorni: tolse, creò distanze, raggomitolò matasse di vegetazione, creò spiazzi, dispose i tronchi tagliati come stuoie, apparvero gli alberi col tronco alto, liscio, filtrava la luce come una promessa, era lo sfondo a più dimensioni di un palcoscenico di gala, ci si poteva passeggiare, si girò il dondolo in modo che lo scenario a cui in genere si voltavano le spalle diventasse uno spettacolo da contemplare, assieme al ciliegio che aveva smesso di crescere ad angolo retto perché le acacie gli stavano addosso su un lato e lui si spostava alla ricerca di sole e nutrimento dall'altro.

Quest'anno il ciliegio era pieno di frutta, anche se ancora ad angolo retto, ma faceva sapere che stava respirando.

Se si andava in macchina per le montagne capitava che la strada appena rimessa a posto era di nuovo chiusa, pioveva a dirotto.

Si prende una scorciatoia e si fa il giro dell'oca, torni al punto di partenza.

E dietro la transenna che ti separa dalla frana l'indifferente chiarezza dei papaveri che crescevano senza stupirsi senza fare domande come dato di ineluttabile bellezza e forza che rompeva quasi con insolenza il disappunto di chi passava.

Mezz'ora di strada si allunga in due ore... La via della Costa, montagne più alte... pascolo con mucche, ferme, cartolina svizzera? No! vere, immobili, come un incantesimo. Stava pensando di diventare Matrix e di volare sopra le cime delle montagne e dei boschi e invece resta nel satori da mucche stese immobili sul prato.

La Grande Bellezza ha un suo modo di consolarti, ha un suo modo di distrarti.

Aveva fatto conto di essere già alla discesa che porta sulla via di Tiglieto e la strada continua a scendere diventando un'altra strada... si era persa.

E non avrebbe potuto chiedere ad anima viva nessuna indicazione...

Ma tutti quelli che la stavano pensando arrivarono a sostenerla a non scoraggiarsi a ritrovare la via di casa.

Si era affinato il contatto con la propria cerchia: il risultato dell'isolamento aveva affinato la vicinanza.

E il tempo era stato onesto: nel pieno della pandemia il sole splendeva carico di speranza, mentre i fiumi erano tornati azzurri. A maggio e a giugno, mentre si parlava di tornare a uscire a popolare le strade e le piazze tornavano coi colori dei mercati ma c'era come un ritegno. Ci si era abituati a fare a meno del superfluo, negli armadi c'erano tante cose con le memorie positive dell'anno.

La frenesia dell'acquisto nei mesi precedenti (mai tanto cibo nel frigorifero) si era calmata, c'era come la nostalgia della riflessione che non si voleva perdere, di strade meno accalcate, di case più pulite.

Ci si chiedeva se la plastica si sarebbe ricordata di dover diventare ecologica, visto che era la protagonista dello scenario di salvezza (mascherine guanti, camici e quant'altro).

Si tornava volentieri al bar a vedere se gli amici se la passavano bene, quali erano gli aggiornamenti, quale il coraggio.

Si pensava ai ragazzi del ristorante cinese e ci si chiedeva dove fossero finiti, visto che la giovane madre thailandese che aveva aperto la porta aveva detto nella sua madre lingua che "Si sì solo da asporto tu telefona però almeno 30 euro".

Finché due giorni dopo li aveva visti materializzarsi dalla vacuità e fare jogging sul lungorba.

C' erano, erano in buona salute non se ne erano andati.

Uscire dalla caverna, ognuno col proprio filo di Arianna, un filo che passa attraverso le frasi fatte, la retorica ognuno trovare la propria direzione.

Meno consumismo. Consumare meno i sentimenti. Meno aridità del cuore.

Padre e Bimbo insieme

Io e te

C'è una canzone di Vasco Rossi che la Rai trasmette continuamente per tutti quelli devono cambiare abitudini

Quello che potremo fare io e te
senza pensare sempre
senza pensare a niente
Non si può neanche immaginare
io e te
continuare a ridere
crescere dei bambini
avere dei vicini

io e te sdraiati sul divano,
parlare del più e del meno
io e te
io e te
come nelle favole

Vita

Poi una mattina è arrivato si Radio Social Rai 2 Luca Barbarossa che cantava con Lucio Dalla "Siamo Angeli".

La faccia di Luca Barbarossa era quella di un bambino che esce nel salotto buono e dice con la faccia stupita e commossa: "ho trovato questo regalo di Natale" e se lo gode perché è proprio un così bel regalo.

E insieme cantano:

Vita in te ci credo
le nebbie si diradano
e oramai ti vedo
non è stato facile
uscire da un passato che
mi ha lavato l'anima
fino a renderla un po' sdrucita

Vita io ti credo
tu così purissima
da non sapere il modo

l'arte di difendermi
e così ho vissuto quasi rotolandomi
per non dover ammettere di aver perduto

Anche gli angeli,
capita a volte sai si sporcano
ma la sofferenza tocca il limite
e così cancella tutto
e rinasce un fiore

Siamo angeli
con le rughe un po' feroci sugli zigomi
forse un po' più stanchi ma più liberi
di un amore che raggiunge chi lo vuole
respirare.
Vita io ti credo
dopo che ho guardato a lungo
adesso io mi siedo
non ci sono rivincite
né dubbi né incertezze
ora il fondo è limpido
ora ascolto immobile le tue carezze

Siamo Angeli
con le rughe un pò feroci sugli zigomi
forse un po' più stanchi ma più liberi
urgenti di un amore che raggiunge
chi lo vuole respirare

un grazie speciale a Radio Social Rai 2 per la foto

TEMPO SPAZIO TEMPO SPAZIO TEMPO
SPAZIO TEMPO SPAZIO TEMPO SPAZIO

Lucio Dalla è scomparso da qualche anno.
Quindi il filmato è di qualche anno fa.
Ma va in onda adesso!
Non è un fotomontaggio.
L'espressione di Luca Barbarossa è proprio quella di chi riceve un Dono.
Dono tanto più prezioso perché conservato nella memoria.
Bernardino del Boca chiama tutto questo
"essere nell'infinito continuo presente"

Ringraziamenti:

A tutti quelli che hanno contribuito a costruire il tessuto narrativo di questo lavoro

Rino Gaetano
Vasco Rossi
Ricky Tognazzi e Simona Izzo per "La Terra promessa"
Rai Radio Televisione Italiana
Luisa Ranieri e Cristiano Caccamo
Il Paradiso delle Signore diretto da Monica Vullo e Francesco Pavolino
Radio Social per il caffè Nahama Katzuka in particolare a Luca Barbarossa e Lucio Dalla
Film "Ti ricordi di me?" Di Rolando Ravello
Rosario Fiorello
Ezio Bosso

A tutti gli amici di Coccore, in particolare:
Nicolas
Michele
Olivier
Tungsteno
Luigi Sbaffi

A Francesco Pitzus, per l'ideazione di copertina

Si ringrazia il copywriter per aver realizzato i disegni fatti dall'autrice

CONTENUTI

Taglio dei capelli 9

Soliti ignoti 15

L'umore andava e veniva 17

Ci vuole il suo tempo 21

Il cane femmina 25

Voglio una vita spericolata 29

Tutte le persone che incontrava 33

02 02 2020 35

Il paradiso delle signore fine febbraio 41

Lei vive in un bosco 49

Ci sono mattine che la stufa a pellet 53

Il mito di Ganesh 55

Quel giorno prendendosi il caffè 59

Difficoltà tra Caparezza e Pascoli 65

Lamento dell'aspiracenere 69

L'appartenenza di Coccore 73

La modifica dell'appartenenza 79

La maestria e la misura 83

Abbracci 89

Quell'anno così particolare 93

Fine aprile primo maggio 97

Nemesi 99

Fili di Arianna 100

Io e te 104

Vita 107

INFORMAZIONI SULL'AUTRICE

Noti Vincelli (Antonietta), nata il 9-2-1949 a Larino (CB) vive ad Acquabianca di Urbe, nell'entroterra savonese. È Psicologa, psicoterapeuta, è stata psicoanalista a Milano, dove si è occupata di ricerca motivazionale per la comunicazione industriale, con un suo metodo esclusivo.

Attualmente opera come psicoterapeuta familiare esperta in disturbi dell'alimentazione relativi ai disturbi dell'affettività.

Ha protetto i suoi studi con un soggiorno in India per nozioni di medicina ayurveda e con percorsi di medicina tibetana, seguendo l'insegnamento di Lama medici.

Ha seguito seminari di tecnica di recitazione con Massimo Mesciulian.

I suoi libri si occupano in chiave letteraria di riordino della memoria utilizzando favole e miti, canzoni e storia dei serial televisivi (che tutti sono in grado di vedere) e costellazioni familiari.

Si rivolgono a quelli che navigano alla ricerca di "un senso a questa vita" perché ciò che sembra impossibile diventi possibile o almeno ci provano.

Ha pubblicato:
Storia d'amore e guarigione. Percorso di guarigione al femminile
I giardini di Anteros
Da queste parti
I nodi e le lune
Io sto ferma
Consistenza